歌集

義弟全史

土井礼一郎

短歌研究社

目次

義弟全史

土井礼一郎

装幀　花山周子

I

花

てのひらに氷砂糖を握らせる花が花がと叱られた子の
ホルマリン液にざらめを落とそうとして褐色の昼下がりあり

なんとはかない体だろうか蜘蛛の手に抱かれればみな水とつぶやく

声に出すことをいつでもたのしんで砂つぶがほらここにあるから

ひとめぐりしてまた戻るというほどの旅にこぼれているハナムグリ

灰色の黄金虫さえ前脚にカフスのようにひとつぶのざらめ
まっ白な大きなほこりをしょいこんで壁蝨《だに》が光の色をみていた

来た来た

気がつけば蟻のおしりのようにして髪を結う人ばかりが歩く

目をつむるたびに記憶のおばさんに出会う手をふることなどなしに

鎮魂といって花火を打ちあげるそしたらそれは落ちてくるのか

来た来た明るくなってきたって大声で言う人がいる向いのホーム

ありんこのごときが頭についていていついつまでもいつまでもさなぎで

くりかえしくりかえし問う公園の砂場に蟹は棲んでいるかと

こんなぺらぺらばかりの時代「傷ついた」って言えればそれでよかったんだよ

犬が好き

とびらあくときまっさきにとびこんできたスカートの襞を見ていた

珈琲のしずくを崩すようにしていのちは初めっからやり直し

だきとめる朝のいろいろやわらかいけものはいつもIKEAにねむる

皆なにか書くことがあるいつの日か愛したところにささるイヤホン

別れればすぐに薄れていく顔の真ん中に飛び込み台はあり

盆地には雪のかわりに降るノイズ　歌人のあまた死ぬ街を過ぐ

轢死した仔犬にふるるしぐさにて僕の手が繰るくずし字辞典

犬が好きなら犬柄のネクタイを締める気持ちのおっ渋谷駅

やさしい男

ク・デタの同義語にはまひるがほとある蟻族の字引きひらけば

芍薬がこんなにひらいているんだね小さな花火ばかりのおんな

きっと静かに抱かれるのだろ手を鳴らす者たちみんなパドックにいて

敬具敬具となぜか続けて書いてあるその手紙のまた長ったるいこと

菊の花さくワンピースきたひとがここまできたらするりと脱げた

まるで太ったやさしい男の耳穴のように地球に蟻の巣はひらく

貝殻を拾えばそれですむものを考え中と答えてしまう

またひとり歩いて帰るという君が必要とするいくつかのさなぎ

ここを出ていく人の着るジャケットはきまってしつけ糸つけたまま

人間紀

少年の頭ほどあるマスカットガムをかかえて立っている姉

あかんぼうばかりの花野　人間紀第一年の図を掲げたし

弟がメロンを置いていくそれがいつまでたっても腐らないまま

金色の靴を履いてるお父さん・いつまでたっても泣きやまない子

お祝いをしなきゃねぼくら味噌汁のシジミさどうせ大丈夫だよ

虫たちの哲学・鳥の幸福にとりかこまれて人のくるしい

昆虫とエロチシズムの輪転機まわせばすなわち新聞ができ

ある年は物干し竿にTシャツをひっかけたまま死ぬ人もいた

脱がされていることさえも気づかないあの子はたまごどうふの子供

だれひとり話をしない団欒の中にたとえばもどしたスルメ

シヌノマダファミリー

シヌノマダファミリーゆえの愛《かな》しさで珈琲茶碗転げていたり

銃後われパイナップルの皮を剝く黄いろい頭を作らんがため

群衆は折られて梅雨の下駄箱に積み重ねられゆくヒメジョオン

人生に最終弁論なるものがたぶんあり緑色の手を挙ぐ

脱ぐ靴を並べる床に暗がりの娯楽がすでに始まっている

屋上は岬のごとし昭和から干されたままのずぼんはためく

てのひらに人間ふたり載せられてなぐさめあっていれば夕立

はらわたを開けばピンポン球ほどの水疱としてしあわせはある

われわれの隣に誰がいるのかと問うとき震えながら飛ぶ鳥

淡島通り

雨の日に義弟全史を書き始めわからぬ箇所を@で埋める

読みかたを知らない名前を書きうつすときころげでるいくつかの顔

天井はきっと赤いのだと思う海辺に建てたモーテルのこと

人間の棲まざる国の林檎樹のらんらんとむらがるかぶとむし

遠い国の言葉を話す人たちの腹からこぼれ出る砂糖水

なぜそんなひからびた手で缶詰のグリーンピースの裏ごしをする

義弟らは火を点されて夏の夜の淡島通りを行進したり

またひとつ甲虫はくるこの庭のかどにスミレの花の霊園

世の中はいらないものに満たされてにっぽんじんは大きいがよし

ほおずき

赤ちゃんができたと告げる旋律で夏合宿のいきさきを言う

テーブルのへりを伝ってゆく虫を追いかけるミニチュアの神々

姉の足裏が地面につくたびに姉すこしずつ死んでしまえり

あざやかな柩をまとう虫たちのほんとうに死ぬまでの七月

こうもりの飛びかうための空にして夏ならヒマラヤスギにいなづま

あけがたの色とりどりの子供らの跳ねまわるラブホテルの庇

山本の宇宙佐々木の宇宙などあり各々の月に蟹棲む

長針と短針交差するときに切り刻まれる君のたましい

ひとつだけほんとの父を入れてあるマッチ箱からとりだすマッチ

腹いっぱい水飲みほして君は今ちいさな家としてそこに立つ

ほおずきを口にふくんで彼女の子ばかりがいつもここにきている

遺されたほとんど鏡花全集の書架に西日があたりはじめる

七月の塩湖にぼくは生まれようオレンジ色のおなかを出して

□

蟻らみな律義にインターフォンを押し訊く雨宿りしてもよいかと

夕飯に姉のつくった中学は理科室ばかり七部屋もあり

寒天をくり抜きながらふるさとという名の家族時代を語る

くらやみの奥より生まれてくるものにルーペをあてておとうとと呼ぶ

子らはみな好きだと言うよ泌尿器科診察券の器の字の□《しかく》

古くさい喪服をひっぱりだしてくるみたいに夜は僕らを包む

埃たつ国に生まれて蜘蛛の子は今ジャムびんを登ろうとする

嘘をつくたび雪の降る街のあること幼な子に教える窓辺

告グ

もうなにもありませんとて見せられた地下室にあるカセットデッキ

石鹼の家ばかり建つ平原につぎつぎ春がおとされていく

人間が口から花を吐くさまを見たいと言ってこんなとこまで

タクシーは止まったよなぜ手を挙げたままなの皆泣いておるぞ

エンパイア・ステート・ビルの描かれたお皿でおたまじゃくしが孵る

行進をするひとびとのさす傘のひとつにつばめが帰ろうとする

きょうだいの気管支みんな音をたて体をすこし離れて歩く

遺書にさえヴァリアントあり人のすることはたいがい花びらになる

なあんにも考えなくてよろしいとつばめの子供は言われて育つ

母・祖父母・弟・わたし・姉という順に通勤快速が行く

国民が教えてくれた祈りだとそれは広告などではなくて

あの橋

ひとごとのように言ったねあとがきのこの木に止まる鳥のみどりいろ

泣いたっていいんだよって泣いていた義弟《おとうと》があの橋渡り来る

花柄の軍服を着て都会《まち》を出る　すべての民族がもつ歴史

今日僕の中心にあるみずうみを渡っていいかと訊くお父さん

アカルサと子が言うたびにうぐいすの一羽飛びさる樹があるという

なにかあるたびに雹かと思うほど大きな音の響く人生

東京のまんまんなかにいっぴきのパンダを置いて出ていくわれら

ひからびた義弟たちを折りたたむしごとさ　驚くよ、軽すぎて

ＡＩ

切りかえし切りかえしして東京の盆は七月車庫入れをする

しのびがたきをしのんで僕のこんにちはこんなに遅く出てくる子供

ステッキで地べたを突いて知らないよそれで誰かが死ぬんだなんて

宿題をとりあげられて夏の夜に矯正歯科へゆく子供たち

大人らの脚が砂漠に沈みこむ音聞きながら升目を埋める

花びらが重なりあってお父さんそんなに僕を見ないでくれよ

指先にある山に棲む灰色の熊がトゥナイト2にまわした

ペットボトル神社ができたみずうみに浮かべて東京万歳をした

この街に青色家族まいおりて命の話ばかりしている

船のある公園に棲む　先生にこんなところと叱られながら

ＡＩがふたりそろえば言うことのひとつにおふくろさんおふくろさん

Ⅱ

はちがついつか

ひと幕に役者はふたりってまだなにも知らないくせに父はつぶやく

風呂の湯はいつも線路と交差して小さな海に帰ってゆくよ

降りつもる羽蟻は夏を吐きだして喜劇名詞を教えてくれる

わが夏にはちがついつかはくりかえし来る脚ながき虫にまたがり

みずいろの熊はわたしのなかにいてあおいろの鮭けして離さず

ちさきものなんていくらもいる庭でこびとの話などしてしまう

どうかするたびこの部屋に朝がきて電子レンジで家族は回る

鳥籠をまず買えというこの土地に人に飼われぬ鳥はないから

ゴムノキの弟として生まれればゴムノキの葉を磨いて暮らす

言語野に棲む蟻はいてトチノキの蜜のはなしをわたしにさせる

いきもののことを学ぶというときのいきものにわが家族を入れず

父の子の朝顔の蔓この庭のビニール傘にだけまきつかぬ

卓上に青梅街道引かれれば夜な夜な蟻が運ぶ花びら

傘の柄のくるりを蟻がやって来てものの値段を言いまた帰る

どの路を覗いても覗いても性を抱きアオスジタテハがただよっている

ほんとうと答えればもうほんとうのポプラ並木が目の前にある

ふるさとはふたつもいらず自転車も庭もルーペも親も時計も

父の庭わたしの庭を一頭のカミキリムシがゆきかっている

楽隊が目の前に来てくりかえしわたしに聴かすゆうやけこやけ

この街のすべてが庭になる朝にどこまでも追う父の帽子を

しまうまと呼ばれて馬はやってきて赤い体を横たえている

触角を持たされているほおずきという家に来てつつきあうため

ぴかぴかの顔であなたは園庭のヤブガラシさえほどいてしまう

たったひとつわたしの日はあるどうしてもかぞえきれないほどの升目に

しかたなくわたしの胸に水をまく記憶の扉が生きているから

サイレンが近づいてくるこの庭の葉はどれもみな金の絵を載せ

チドメグサなる名を父はつぶやいてすべて抜きさるはちがついつか

風を聴くあいだあなたのまばたきがぽんぽん菊のかたちで揺れる

大魔神

鼻先がいつもだれかの手に触れる雨あがりの午後むらさきの森

まっ白な公園へゆくま昼間の大魔神たち手をとりあって

順番に死にゆく待合室で読む家庭画報のような休日

ベビーカーから逃れ出て指先は春をただよう柔らかい虫

十時でもあかるい国にいきたいと願う下校の音楽もない

横へ横へ広がる枝をきりおとすように子供は生まれてきたが

問われればすべての蜥蜴は「ひとりっ子です」と答えてほほえんでいた

夕焼けの坂道どこにありますか　菓子を並べてつくる街並み

鳴いていた虫たち今はあぜ道の小石になって待っててくれる

天声人語

幸せであることばかりを言う人の顔のまわりを衛星が飛ぶ

そんな話が君は好きだねたいていはさかなが指をすりぬけてゆく

もうすこしねむっていたいどんぐりもどんぐりに棲む虫の子さえも

わたしには見えない家がありいつも窓辺に二匹かなへびのいて

なにかいうたびに小さな蜘蛛は生まれ奥歯前歯をゆかいにあそぶ

てのひらをかわるがわるに見せつけるなにも持たないことはまぶしい

目ざめれば天声人語の▼《さんかく》が鴉になったような愉しさ

たいくつな人を笑わすために来てはくびしんまたしても枇杷の実

行徳

すこしだけ痩せたと言われそんなこと僕がここに来た理由《わけ》と思うか

つま先も見えない夜の数を言え　手紙の裏に正の字を引け

サルビアがよかった僕の生れる日父の花瓶に花をさすなら

お湯と水捨ててくるため両腕に提げた電気ポットとやかん

建て替えるたびに小さくなる家のいちばん奥に眠る父親

無賃乗車のようにだれしも死んでゆく　昼休みには蟻を見にゆく

鳥の家・魚の家をおとずれてつめたいお金ばかりをもらう

サルビアのなかから生まれてくる子供もろとも吸いつくしてしまう人

むらさきの花おれんじの花の散る土手に転ばされている暮らし

ほっとけば孵化するたまごを持ち帰りわざわざそんな手であたためた

新聞をまるめてひらく僕たちはここから生まれでたとばかりに

行徳も下町であるゆうやみのなかをまっすぐ歩いて帰れ

むかしむかし

はれぼったいまぶたのような膨らみのいちばん上に浮かんだかもめ

弟の背中に書いていくむかしむかしむかしとひとさしゆびで

庭を射る光の端っこ水色のワンピースみな結ばれている

どうしても泣くならここで　海ほどにひろい帽子をかぶってみせる

幾千の受話器の流れつく島にあなたの声を洗う波音

やがて来る子供のために抽斗をいっぱいにするほどのうつせみ

ひまわりの前に立ちつくして母が叱るいちばん好きな弟

寝室に海を注げば今日もまた夏風邪のまま波を数える

モノクロの眠りの底の露店にて祖母の土産にメトロノームを

姉たちはみなこの部屋へ来る顔をペチュニアのごと窪ませたまま

帰るのはジオラマの街　みなぞこの光の網をてのひらにとる

くずれる蟻塚のなか劇場として使われたひと部屋はある
皮膚と皮膚ふれあう場所を国境とみなして僕の血は引き返す

結婚飛行

ちょっと聖堂みたいな音でスキャナーが子供の写真をとりこんでゆく
どぶねずみ色のタクシーきみどりのタクシーに乗る死んだインコは

なにも見えないから夜だという子供　夏になる　蟬すこし生まれる
ちいさな家、虫の棲むのにちょうどよい家しかし虫の棲むわけもなく
あさなゆうなトルコ行進曲ばかりつぶやくおやじが自転車に乗る

別の街の話をしよう　平井弘

唐突だが、ベルギーの女流絵本作家ガブリエル・バンサンの『たまご』から始めよう。人間の愚行をさげすむ巨鳥が産み落としていった卵である。端正なデッサンの木炭画のどこにも文字というものがない。増えつづける核の喩とも不信とも受けとれる。

朝焼けと夕焼けの間にいくつかのきたないたまごが産みつけられる

あなたの街にいくつかの卵が産みつけられる。なにの卵ともいっていない。きたないのは卵ではなくて見るものの感情が汚すのだろう。この卵、どれほどの大きさに見えるか。巨鳥のものではあるまい。せいぜい小鳥、いや、もっと小さくてひょっとしたら虫のものかもしれない。「産みつける」という表現もそれを示唆している。

もっとも、そう思わせられるのは、この歌を目にするまでに触れてきたこんな歌のせいなのだ。

芍薬がこんなにひらいているんだね小さな花火ばかりのおんな

蟻たちがにんげんたちをひとりずつ連れ出してゆく小さな浜辺

ほおぼねを指で辿ってゆく先におでん屋がある白い暖簾の

ふるさとに置いておくものとして自転車、庭、親、時計とならべてルーペを忘れない。この人のものの大きさへのこだわりは、こちらの縮尺に自信がもてなくなってくる。そのズーム機能に従《つ》いていくのがたいへんなのだ。「浜辺」に繰りひろげられる「にんげんたち」と「蟻たち」の大きさの関係を、あなたは正しく認知できるだろうか。「芍薬」に配する「花火」と「おんな」にも同じことがいえよう。「ほおぼね」のあたりにあるらしい「おでん屋」のそれも、あとに引いた「てのひら」のうえの「丘」のバランスもみなどこかおかしいのだ。

いきつくところ、さまざまな昆虫や小動物が登場することになるが、ほこりを背負った壁蝨も月の出のだんごむしもおとうとも違和感なく同席していて、読みすすむうちにこちらの感覚が慣らされてくる。なかんずく、蟻にいたってはそれこそ蟻の巣をついたような状態で、その分析でもって小論が書けそうである。

姉の足裏が地面につくたびに姉すこしずつ死んでしまえり

てのひらにおとうとの棲む丘はあり手を叩こうとすれば手をふる

まるでパンみたいであなたかわいそうってあなたがそんなに膨らんでいて

素材だけでなく手法もかなり特異だが、ここではひとつだけ対象と意識の同化をあげておこう。自他の境が見えにくいのだ。どこからが対象でどこまでが自分の意識なのか判然しなくなる。おとうとがいつのまにかわたしであり、その意識にあなたが動かされる。さきにあげたズーム機能とあいまってふしぎな魅力となっている。かならずしも先蹤がないわけではないが、意図してできることではなく生来のものといっていい。若い人の歌には

めずらしかろう。

雨の日に義弟全史を書き始めわからぬ箇所を@で埋める
義弟らは火を点されて夏の夜の淡島通りを行進したり
みなひとつ蟹をぶらさげぼんやりと義弟ばかりの乗りこむ列車

それにしても、蟻をはじめとする生きものたちの露出に比べて、この歌集のタイトルである「義弟」の手がかりがあまりにすくない。わずか六首に出てくるだけである。義弟とはだれなのだろうか。

そのなかにひとつ奇妙な歌がある。謎解きとしか思えない。

〈弟と義弟がともにいる部屋でわたしは義弟の名前を忘却した。義弟とは何者であるか〉

これがロゼッタの石と気がついたのは、わざわざそこに弟と義弟をならべてあったからだ。そのうちの義弟の名前だよ、忘却するのは……。スフィンクスの声が聞こえたようだった。そうか忘却か。

弟とともにいる部屋でも名を忘れられる。あえて覚えていようとしなければそこに存在しないもの。そうなるかもしれぬ、あるいはなっていたであろう危うい仮定、弟という実在の裏に貼りついたそれを「義弟」とよんだのではないか。

　これらの歌の周辺には、にわかに空気が冷えたように「軍歌」や「軍服」などの用語があらわれる。「火を点される」といった受動表現があり、戦争の影が見えかくれする。＠に代入するのは、やはりこの年代にはない「戦争」といった言葉であるだろう。あるいは「忘却」でもいい。ひとまずこれで読めるはずである。そこにないもの、義弟とは、つねに意識することでのみ辛うじてたたずむ人影なのだ。

　にもかかわらず、それは弟が母に溺愛されているときも、蟬捕りをする背中にも偏在する。現前するものなのだ。あえて「全史」としたのは、見失うものかという自負であるのだろう。

　轢死した仔犬にふるるしぐさにて僕の手が繰るくずし字辞典
　赤ちゃんができたと告げる旋律で夏合宿のいきさきを言う

七月の塩湖にぼくは生まれようオレンジ色のおなかを出して
わが夏にはちがついつかはくりかえし来る脚ながき虫にまたがり
風を聴くあいだあなたのまばたきがぽんぽん菊のかたちで揺れる

すっかり謎解きに入りこんで好きな歌をあげておくのを忘れていた。いいなあ、羨ましい。こんな無垢な歌が口をついて出てくるのは、まちがいなくもうそんなにないはずだ。つかのまの歌の季節であり、気恥ずかしさをひるまずに差し出せる、それが第一歌集というものなのだ。ほかにも問題を提起しているこんな歌もあげておくべきだろうか。鋭い切っ先である。

骨盤猫背産後肩こり腰痛ふわっとした民意のいきものがねている
みな脚に小さなバネを埋められるどうしてもとりだせない軽い

あとひとつだけ、たいせつな歌に触れて結びとしよう。

僕ら皆どうやら別の街のこと話しているね、同じ顔して

「別の街」そうなのだ。言葉による伝達にはつねにこの限界がある。こういったものを街とよぼうという暗黙でそれぞれが自分の街の話をしている。土井礼一郎に蟻といわれてわたしは手もちの蟻を持ち出す。この蟻がまた厄介なことに同じ顔をしているというわけだ。あたかもそれをかれの蟻だと思いこむ。若い人からこのような言葉を聞くのは久しぶりだった。

じつは、高柳蕗子さんを通して栞文の話があったときお断りを伝えた。これからの人の歌のことはこれからの人が書くがいいのだ。それでもと送られてきた歌稿のなかのこの歌に立ち止まらなかったなら書くことはなかったろう。この人には話してもいいか。

いまわたしは安んじてこの文章を書いている。わたしの街のスタバの話だが、どうだろう土井さんそれでいいんだね。

あなたの街で卵が孵る。そしてやはり「おはよう」というのだろう。

「はちがついつか」はいつなのか　大森静佳

作者を知らないままに「はちがついつか」と題された寓話的な五十首を読んで、困惑しつつもはげしく魅了されたのは、二〇一八年の第一回笹井宏之賞の選考でのことだった。〈しまうまと呼ばれて馬はやってきて赤い体を横たえている〉など、奇妙な想像力によって現実を解体し、謎めいた箱庭世界で暴力や崩壊の予感を光らせる歌に惹かれた。そしていま『義弟全史』を読み終え、私のなかの困惑と恍惚はさらにふくれあがっている。

東京に無数のけしごむ立てられてすきまを走っていくおとなたち
スミレほどなちいさき夫婦は公園のヒマラヤスギのなかで交わる
蟻らみな律義にインターフォンを押し訊く雨宿りしてもよいかと

スウィフトの『ガリバー旅行記』でガリバーが小人の国や巨人の国を訪れ、日常とはちがう角度から人間社会を見おろしたり見あげたりしたように、この歌集のなかではさまざまなもののサイズ感が現実とは異なる。ビルやマンションのかわりに白くて四角い消しゴムがひしめく東京。その「すきま」を必死の形相で駆けずり回る大人たちを、スウィフト同様にユーモラスな風刺の力で書きだす。二首目は夏目漱石の句「菫ほどな小さき人に生まれたし」のパロディだが、下の句には何とも言えない可笑しい哀愁がただよう。ミニチュアのアニメーションを見ているかのように、どの歌を読んでも色あざやかでポップな映像が浮かぶのも面白い。そんなジオラマ的世界に印象的なキャラクターとして登場するのが、「蟻」をはじめとした虫たちである。くりかえし出てくるこの蟻たちは、軒下に巣をつくる前に律儀に許可をとったり、ほかの歌によれば言語や経済の概念を理解していたりと、その言動はほとんど文明化した人間のものだと言っていい。

触角を持たされているほおずきという家に来てつつきあうため

少年の頭ほどあるマスカットガムをかかえて立っている姉

てのひらにおとうとの棲む丘はあり手を叩こうとすれば手をふる

その一方で、「ぼく」やその家族たちはどうも人間ではないような気配がある。一首目の発話主体は「触角」を持つ虫で、虫の話でありながら「つつきあう」や「持たされている」という言葉に「家」に対する軽い揶揄もにじむ。二首目も理屈としては「少年」が虫なのか、姉が巨人なのか、いずれにしてもシュールでおそろしい光景だ。三首目では主体自身は人間だが、「おとうと」が小さい。てのひらにこの無邪気な弟が棲んでいるせいで、自分は拍手すらできないと言う。

どうかするたびこの部屋に朝がきて電子レンジで家族は回る
ひとつだけほんとの父を入れてあるマッチ箱からとりだすマッチ
建て替えるたびに小さくなる家のいちばん奥に眠る父親

なぜ、家族たちは小さいのだろう。なぜ「ぼく」はときどき虫なのだろう。人間が虫の

ようなサイズになることで強調されるこの世の不条理や不気味さ、そんな効果ももちろんありながら、ひとつ読み取れることとして、「家族」という制度を近代の呪いから解き放とうとする主題意識があると思う。電子レンジのターンテーブルでくるくる回る「家族」の姿はあまりに滑稽で可愛らしいが、そのように「家族」という概念や思想そのものを空虚にミニチュア化してしまう歌がいくつか見られるし、ほかに建築物としての「家」が解体される場面や「ままごと」への皮肉っぽい言及がある歌なども印象に残る。執着と毒気をもって描かれつづける「父」とは対照的に、母の存在感が希薄であるのも暗示的だ。その不在が意味するものは何なのだろう。

雨の日に義弟全史を書き始めわからぬ箇所を@で埋める
ひからびた義弟たちを折りたたむしごとさ　驚くよ、軽すぎて
義弟らは火を点されて夏の夜の淡島通りを行進したり

「義弟」と言えばふつう配偶者の弟、あるいは妹の配偶者をさす言葉だが、その義弟が自

分には大勢いる、とこれらの歌は伝えてくる。ひからびて放置された義弟たちを拾って折りたたんでいく、という仕事。三首目もやはりお盆の精霊流しのような死のイメージがあるが、死してなお（？）義弟たちは東京の街を「行進」させられている。

しのびがたきをしのんで僕のこんにちはこんなに遅く出てくる子供
タクシーは止まったよなぜ手を挙げたままなの皆泣いておるぞ

「義弟」について考えるとき、戦争を彷彿とさせるこうした歌をおそらく無視できない。歌集全体を読むと、さきほどの「行進」も兵士たちの行進のイメージ、あるいは戦死者の霊のイメージと濃密に重なってくる。かつて平井弘は戦死した上の世代を「兄」に仮託して戦後日本を詠んだが、親が戦争を経験していない私たちの世代にとって彼らは「義弟」なのだ、と言ってしまえばちょっと単純に整理しすぎだろうか。玉音放送の途中で急に挿入される「こんにちは」、兵士の敬礼を連想させる二首目の結句「泣いておるぞ」など、このあたりは平井に近接した声のポリフォニーとして面白い文体になっている。

平井弘は血縁関係や「村」の共同体をとおして戦中戦後の時代を描いたが、土井礼一郎は「村」をジオラマめいた東京に、平井における「兄」「妹」を虫のようにちっぽけなミニチュア家族へとスライドさせる。家族と戦争というふたつの主題をつなぐものは家父長制だとも言えるが、その家父長制そのものを相対化しようとしている点に、『義弟全史』の新しさや現代性はあるのだろう。

わが夏にはちがついつかはくりかえし来る脚ながき虫にまたがり
チドメグサなる名を父はつぶやいてすべて抜きさるはちがついつか

「はちがついつか」は八月五日という意味では二度の原爆投下と敗戦の直前であり、八月の「いつか」という意味では、このさきいつか訪れる危機を暗示しているのかもしれない。

きわめてスリリングな第一歌集の誕生をよろこびながら、これから生まれるであろう議論や読みの応酬を本当に心待ちにしている。

土井礼一郎歌集『義弟全史』栞

＊

別の街の話をしよう　平井弘

「はちがついつか」はいつなのか　大森静佳

ひととして生きてしまった肺胞に無数のとむらいびとを棲まわせ

まなしたに遊歩道ゆく君はいる灰色ヒラメのうめつくす道

しらずしらずしらず死骸ばかりを見せられているひとびとが改札を過ぐ

めずらしい縫い跡のあるぶらうすをカゲロウになるために着ている

純粋に疑問です戦争研究家名のる男ははにかんで言う

前脚で頭をちょっとぬぐうとき人間のだれかもそれをしていた

葉の裏に産みつけられたまま二度と動かぬような生きかたがある

百円を入れピーマンを取り出せばわざわざここまで来て礼をする

君のこと嫌いといえば君は問う　ままごと、日本、みかんは好きか

ひからびることは怖いと教えれば水が好きだとくりかえし言う
子らはみな結婚飛行のまねをしててのひらをひらひらしてあそぶ
この部屋を出ればすべてのいきものは大聖堂にすこしちかづく

Ⅲ

処世術

ひからびていてよかったよ人間の喉が渇いたときも素直で
ぼうふらをコマーシャルしてちかちかと赤のビー玉ひかりを通す

困ったらこういえばよし大声でどこですかァおトイレはァって

とちのうみとちのうみってつぶやいている人の青、まぶたの上の

天井にたくさん穴のあいている体育館のとうめいもぐら

蟻の尻にもゆでたまごしまわれてある取り出せぬものの例とて

ごらん月の出の時間だよ　だんごむし、ざりがに、おとうとにさよならを

一面に十薬咲いているばかり花屋花岡氏の冥途には

夢をみる人

あれは消す音ではなくて灯す音ではなかったか　こいびとはいう
そこにいついのちの宿るかもしれず噴水はなお止められたまま

吐く泡のうちのひとつをまっさおな蟹はひとばんじゅうなでていた

むらさきの花火は崩れ落ちてゆく真空都市に子を降らすべく

ＢＯＥＩＮＧ７７７から見降ろせば神の手がいくつもさまよえり

どうせもらえやしないと言えよ傘の柄の木で作られることのない国

あいまいな会話は続く金魚死ぬ翌日金魚を買うようにして

北枕して寝る夫婦いつまでもいっしょにいればしあわせという

夢をみる人みなだんごむしになる黄色い指を抱きしめたまま

安楽死

かなぶんを安楽死させ缶に詰め　ばかやろう、このドロップス買え

いい人を演じるときの君はこの村で唯一の仕立屋である

壁にすきまがあるというそのたびに挿しこんでいくテレホンカード

田舎医者田舎紳士ら手をたたく互いを山の名で呼びあって

青空はお菓子のように浮いている三角に切りとられた朝の

羽蟻来れば羽蟻は僕の言葉にも蟻の言葉を混ぜようとする

やわらかなまぶたばかりを切り出してわたしのねどこまで蟻は来る

犬に待てする姿にて春の野に大仏だけがたたされている

軍歌

弟のてのひらに手を託すときなかゆび同士の奏でる軍歌

離人症と雛人形をとりたがう余計なものを持たざる暮らし

毛の抜けた個体が来ればいっせいに白き紙片をくわえちかよる

どうしても鳴らすわけにはゆきませぬオルゴールは街のまなかにあれば

蟻たちがにんげんたちをひとりずつ連れ出してゆく小さな浜辺

冬の花の花びらを摘むあしたから僕らの国を包むスカート

ペットボトルの中だけにある公園で弟ひとり蟬捕りをする

弟と義弟のともにいる部屋でわたしは義弟の名を忘却す

青かった星のようだと言う朝に卵嚢は仔を吐きおえている

チップスター

なんでそんなにゴルフ規則の改定が太郎を二度寝にむかわせるのか
田に生えた稲の茎みな絡まって畳になればねころんでみる

チップスターなる菓子はありその筒に青松虫を捕まえるため

この青い男たちのめのてんぷらを五臓六腑のすきまに落とす

透明なしたじきを湯ぶねの中へ滑りこませる彼岸過迄

みなひとつ蟹をぶらさげぼんやりと義弟ばかりの乗りこむ列車

人の名に似た名の町を行き過ぎるときに花火が打ち上げられる

ぶちまけた楊枝すべてが脚になる都営新宿線食堂車

手を叩こう

すこしずつ逃げ出していく蟻たちの尻に修正液塗りたくり

かくも人は同じ高さの家ばかり建てるねすべてに鳥を棲まわせ

守るべきものみな土の中にある三月ここは蟻たちの園

ほおぼねを指で辿ってゆく先におでん屋がある白い暖簾の

なのはなもひまわりもないゆうやみの街に巨きな子供が眠る

東京に無数のけしごむ立てられてすきまを走っていくおとなたち

米つぶのような僕らの毎日のなかにかまきりかくまうひざし

てのひらにおとうとの棲む丘はあり手を叩こうとすれば手をふる

だれしもが早くおとなになりたきにごきぶり殺せいいから殺せ

わが社

骨盤猫背産後肩こり腰痛ふわっとした民意のいきものがねている

わが社では供養をしますという男そのいかにもわかってない感じ

巻貝の内側にあるキッチンでえんえん作り出される料理

やまぶきのふくさにつつむ日本のださすぎる車の試乗クーポン

鱗粉がちらされていく「どうしても」だとか「なんでも」とか言うたびに

小さいも古いも自慢になりませずこんな愉快な天国へ行く

あとちょっとだけ見ていてと言いながら糠床どんどんきゅうり沈める

こんなまぶしい鏡の部屋に閉じこめて読書をさせてそのままの国

オキリーニ

スミレほどなちいさき夫婦は公園のヒマラヤスギのなかで交わる

いつまでも泣いておったらよろしかろ淋シイ村に生まれた母は

むかしむかしの火事のにおいだ　ひとりっきりの庭で砕いた小石を棄てる

みずからはイルカであるを疑わずフランスパンが整列をする

オキリーニの子でありたいなオキリーニなる名の愛がもしもあるなら

ごまふあざらしのたましい翔ぶどうせ君らには雲にしか見えぬが

Vサインしてる巨大なしろくまのかたちの雲の下に我が町

パンダひとりプリンを食べる壁にむかいプリンのことをつぶやきながら

僕ならばそっとしとくと言いながら人さし指がゆきかう絵本

けっきょくはつまらぬ人に生まれたし万両の実をからだに詰めて

人形焼

みずいろの少年少女地下壕へ行くにぎやかにののしりあって

頬杖をついて居眠るアパートの外に小さな世界が集う

斑猫《はんみょう》とわたしなにかを抱きしめて人質交換後の森をゆく

ほんとうのおじさんになるおじさんの人形焼のうちのひとつは

あきらめてくださいと言え太陽に僕らのうすい手が翳される

あくびするたび浮きあがるあわつぶを星だと思うまま死ぬめだか

銀幕の中のマミンカ冬の日が来るよはだかんぼうでねててよ

ねむるということばばかりを振りかざし童話のなかの人は死にゆく

タテのカギ

はだかんぼうの物干し竿に幾枚もストールを巻きつけるままごと

ひとへやにくらげはひとつぶらさがるこの街に海などないという

株主の名の刻まれた左手を振りながら子はこの世へ落ちる

僕たちを遠ざけていた生きものが答えを知っている〈タテのカギ〉

だんごむし型のあしたはやってきていずれ僕らを追いだすだろう

そこに住む誰も傷つかないくらいゆっくり崩しましょう、アパート

そんな小さなえんぴつばかりたずさえて夏の風景実習にゆく

それ以上聴こうとはせず　腕組みをすればわずかに太くなる腕

貧血で倒れたあとのいちにちの色につつまれ嚙んでいた飴

灰色のセダン

貝殻はこんなかたちをしたやつのもう死んじゃった人の胸だね

灰色のセダンとムラサキハナダイコン　ただそれだけの暮らしがしたい

まるでパンみたいであなたかわいそうってあなたがそんなに膨らんでいて

ぼくたちはおててのふしとふしをあわせてふしあわせのままのろぼっと

アリバイを作るためだけに生きること気づけば森の中に棲む人

僕ら皆どうやら別の街のこと話しているね、同じ顔して

みな脚に小さなバネを埋められるどうしてもとりだせない軽い

機嫌よくなるほど昔のことを言う君が笑えば孵化する魚

星ひとつ見えない夜の味噌汁を作ろうとして蛤を買う

標本としてひらかれるてのひらにどうしても染み出す水がある

菜食主義者

壊されてゆくとき家の内臓が空に呑まれているのが見える

許されぬまま夜になるまたしてもラーメン鉢に生まれた子ども

すべからく菜食主義者　この家のひとびとは光がかきまわす

よのなかはちいさな人で満たされてカマキリと雨だけが滅んだ

もうなにも見えなくなった僕の住む家に小さな蛍飛び交う

朝焼けと夕焼けの間にいくつかのきたないたまごが産みつけられる

銀色の紙はつぎつぎ剝がされて秋海棠の咲く街に降る

蟻たちにおよばれをして八月のコントラバスの歌うおはよう

あとがき

歌集のゲラをみていたらそれだけで満足してしまって、第一歌集を出すならあとがきに書いてやろうと思っていたあんなことやこんなことも、すべてどうでもよくなってしまった。

三十代のなかばにさしかかったとき、なんだかようやく自分は「ものごころ」ついてきたらしいと思えた瞬間があり、これならいくらか落ちついた歌集を纏められると思ったのだった。じゃあ、それ以前のお前はものごころついていなかったのかということになり、いい加減な話だが、どうもそうらしいのである。

「かばん」に入会したのが二〇一五年でいつのまにか八年もたっている。この歌集は入会以来「かばん」に出詠した歌を中心にそのほかいくつかの媒体に載せたものも混ぜているが、どちらかといえばここ四、五年の歌の割合が大きい。構成としてはよくある編年体をとらず、初出時のほとんどの連を解体して、あらたに組み直したということを記しておく。

原稿をつくるにあたっては、「かばん」の歌友である高柳蕗子さん、青木俊介さんにさまざまに相談にのっていただいた。とくに高柳さんの叱咤激励がなければ歌集がこうして形になることもなかったはずだ。装幀を花山周子さんに、栞文を平井弘さんと大森静佳さんに、というのはものごころつく前から夢想していたことで、こうやってできあがった歌集を以前の自分に見せたとしたら、やっぱりね、当然さ、とでも言いながら、しかしあふれでるほどの喜びを隠せはしないだろう。短歌研究社の國兼秀二さん、刊行までの音頭をとってくださった水野佐八香さんにも心からお礼を申し上げたい。

二〇二三年三月　　　土井礼一郎

土井礼一郎（どい　れいいちろう）
一九八七年、茨城県生まれ。二〇一九年、第三十七回現代短歌評論賞受賞。
歌誌「かばん」会員。

二〇二三年　四月　二十日　印刷発行

歌集　義《ぎ》弟《てい》全《ぜん》史《し》

著　者　土《ど》井《い》礼《れい》一《いち》郎《ろう》

発行者　國　兼　秀　二

発行所　短　歌　研　究　社

郵便番号一一二―〇〇一三
東京都文京区音羽一―一七―一四　音羽YKビル
電　話〇三（三九四四）四八二二・四八三三
振　替〇〇一九〇―九―二四三七五番

印刷・製本　モリモト印刷株式会社

ISBN 978-4-86272-738-1 C0092